0,45

ENRI BARBUSSE

L'étrangère

Ernest Flammarion, éditeur.

HENRI BARBUSSE

L'étrangère

PARIS

ERNEST FLAMMARION, ÉDITEUR

26, RUE RACINE, 26

L'étrangère

— Toutes les femmes sont pareilles, dit Siméon.

— Qu'importe ! répondit Bénédict, puisque nous ne pouvons pas les comprendre.

« Car nous ne pouvons en comprendre aucune, jamais. Il n'existe pas, en vérité, de mesure commune entre elles et nous. Leur raison, leur logique, n'ont pas le même sens que les nôtres. Alors ?

« Il n'y a pas de hochement de tête qui tienne, mon vieux. C'est comme cela. Je te le prouverai quand tu voudras... Ainsi, quelle histoire absurde et stupide d'un bout à l'autre que celle de mon amour pour cette belle Italienne que je vis briller un soir sur le bord du lac d'Orta ! Si tu savais...

« Elle brillait réellement au soleil couchant, la chevelure cuivrée, la figure dorée, la robe rousse, à quelques pas de la porte en ogive de sa maison.

« Moi, jeune romantique à fine barbe blonde, qui passais là enveloppé d'un grand manteau, je m'arrêtai à cette vision. Et bien que je ne fusse qu'au commencement de mon voyage et que le temps me fût mesuré, je me fixai incontinent sur le point du monde où la beauté de cette créature s'était divinement révélée.

« Sans retenue aucune, je le confesse, je tournai autour de l'étrangère qui vivait là, gardée dans la maison à porte ogivale par une vieille tante en deuil, sombre et en forme de pie.

« Le paysage qui se dressait ou s'étendait, les gens qui s'agitaient autour de moi, je ne me les rappelle plus, et pour cause. Il n'y avait sur la terre qu'une seule chose et, à plus forte raison, qu'un seul être. Elle, elle que je voyais toujours, partout, même lorsqu'il n'y avait personne, même lorsqu'il n'y avait rien...

« Bouleversé d'un si violent amour, je tentai par tous les moyens d'attirer son attention, de l'intéresser à ma personne.

« Mais, hélas ! la passion, vous le savez, n'est pas une maladie contagieuse. Bien vite je constatai que je n'étais pas son idéal, à elle. Elle cherchait manifestement à m'éviter, sur les chemins d'alentour. Quand la retraite lui était impossible, elle réprimait mal un mouvement d'impatience, d'agacement, puis elle répondait à mes œillades enflammées par les plus inexpressifs des regards ; à mes vibrantes paroles, par des monosyllabes décolorés ; ou bien elle baissait les yeux et détournait la tête avec une expression non déguisée d'ennui.

« Heureusement qu'un amoureux bien atteint n'en est pas à une rebuffade près et qu'il perd, avant tout le reste, le sens du ridicule ! Sinon, ma vanité m'eût arraché à ces lieux ensorcelés où je m'acharnais à me présenter sans succès à elle, tel le spectre risible de l'amour transi ; où je m'acharnais à ne pas voir que la splendide enfant me fuyait comme un assassin, et, lorsqu'il ne lui était pas possible de me tourner le dos, m'accueillait avec un soupir résigné, plus avilissant qu'un outrage, par un silence méfiant, farouche ou excédé.

« Ah ! que de fois, après l'avoir épiée des heures avec une sauvage patience, je la vis surgir devant moi, sur mon chemin !... Alors elle s'arrêtait soudain, sa figure se crispait, elle tremblait un peu, car je lui inspirais sans nul doute une certaine terreur... C'était presque toujours vers le soir. Le sentier de rocailles était gris foncé, le ciel était d'une douceur grise. Derrière elle se massaient des cyprès noirs, ces arbres qui, dans les jardins d'Italie, ressemblent à des statues d'ombre. La brise l'environnait de ses propres parfums, comme un buisson de roses.

« Je prenais ses mains. Elle n'osait pas refuser ; mais ses mains pesaient, inertes, dans les miennes, et alors, chaque fois, déchirant supplice, sa figure, toute pâle dans le soir bleu, se détournait, se détournait, et je voyais sur le noir des cyprès le clair profil adorable s'immobiliser comme un camée.

« Et dès que je lui lâchais les mains, elle s'enfuyait.

« Ah ! ces attentes, ces insomnies dans des tourbillons d'espoirs et de désespoirs, ces aubes grelottantes et sales...

« Ah ! cette nuit, la pire de toutes, cette extraordinaire nuit où elle fut surprise par mon apparition et immobilisée comme une proie, où le clair de lune fit d'elle, devant moi, une éblouissante statue de marbre vêtue de nuages, où elle répéta machinalement, sans rien changer, les phrases, les mots que, dans mon exaltation, je la conjurais de m'adresser — pauvre monomane que satisfaisait l'écho de ses supplications !

« L'affreuse et émouvante torture dura deux mois, deux mois de rêve, de folie et de sanglots, et où je n'obtins d'elle ni un regard de sympathie, ni une parole de pitié.

« Comment ai-je pu, un jour, trouver le courage de me déchirer de cette créature rayonnante et impassible ? Je ne sais, mais un matin, pourtant, je quittai Orta, et les montagnes, et les chemins maudits où m'était apparue l'étrangère qui ne voulait pas de moi. Je partis, en baissant la tête, à la façon d'un voleur — bien sûr, puisque je me volais moi-même, tout entier.

« A Paris, je retrouvai les miens, mais je retrouvai aussi le souvenir, net comme une blessure, d'un visage sublime et glacé. Je me remémorais les moindres détails des entrevues brèves que j'imposais à la femme d'Orta, et qu'elle supportait à peine : ce frisson si visible de malaise

et même d'impatience qui la prenait en me reconnaissant,
la palpitation effrayée qui s'emparait d'elle à mon
approche, son silence craintif, et le geste si cruel et si
superbe à voir dont elle se détournait devant l'interro-
gation éperdue, profonde, de mes yeux, de mon être...

*
* *

« Et voilà que par un hasard qui..., un hasard que...,
un hasard, quoi ! je me retrouvai à Orta — pour un
jour — six mois après ma lamentable fuite.

« Le matin de mon arrivée sur les bords de ce lac qui
copie en miniature, mais avec les mêmes couleurs, le lac
Majeur, j'échappai à mes compagnons de voyage, et je
voulus passer sur le sentier de rocailles, devant la maison
à porte ogivale. Passer seulement — car vous pensez bien
que je n'allais pas, ah non ! me remettre dans l'engrenage,
et recommencer mon humiliant manège de naguère.

« Je longeai donc le chemin du bord, les dents serrées,
l'air infiniment distrait. Mon cœur, je l'avoue, battait
à m'étrangler, à l'idée de ce que j'allais entrevoir...

« Quoi donc ? La maison était fermée. Déconcerté
par cette circonstance imprévue, je revins sur mes pas,
contrairement à mes résolutions, pour examiner cette
maison une fois de plus, une dernière fois de plus...

« Or la porte ogivale s'entr'ouvrit juste à ce moment,
et une vieille femme, noire comme une corneille, sortit
en boitillant de la fente d'ombre. Cette vieille — la
tante — me dévisagea, plissa toutes les rides de sa face
de buis, et me dit :

« — Elle est morte. »

« Naturellement, je ne saisis pas sur le coup. Puis je
devins, d'un coup, tout blême ; je chancelai, et, sans
savoir ce que je disais, je soufflai :

« — Ah ! morte ?... Pourquoi ?...

« — Elle est morte de chagrin parce que vous êtes parti, dit la vieille femme, qui, ensuite, disparut.

« Oui, mes amis, vous avez bien entendu : morte, et morte d'amour pour moi ! Et le plus étrange et le plus tragique, c'est que, à ce moment-là, hébété, déchiré, fou, *je compris que c'était vrai*. Je compris, la durée d'un éclair, la réelle signification de ses silences frémissants, de ses farouches émois, de ses épouvantes profondes... Chaque fois, elle m'avait montré son amour ! Chaque fois, par un diabolique malentendu, une incompréhension honteuse de ma part, je l'avais en quelque sorte repoussée, et blessée au cœur, moi !

« ...Mais je suis bien tranquille, allez ! Mon histoire et l'exemple de cette pitoyable passion qui se tua elle-même n'empêcheront pas, dès qu'il s'agira d'amour, mes contemporains et leurs successeurs, de ne pas se comprendre, de ne pas savoir ce qu'ils disent, et de ne pas savoir ce qu'ils font... »

Les fantômes blancs

Il s'appelait Ducuir de la Rosa ou Ducuir de la Stella.
Il était, comme l'un ou l'autre de ces noms l'indique,
demi-Français et demi-Espagnol. Il ressemblait du reste
à un Turc, avec son gros nez plongeant, sa mâchoire
boursouflée, ses petits yeux fuyants, son teint d'alcarazas
et sa moustache qui traçait un léger accent circonflexe
très noir au-dessus d'une lippe ayant la forme de la
banane et la couleur de la tomate.

Quoi qu'il en fût, continua Bunat, c'était tout ce qu'il
me fallait pour le moment comme associé et même comme
ami. Nous perchions dans quelque sierra chilienne, au
bord d'un village cramponné à la pente — entre un ciel
orné, comme vous le savez, d'arabesques stellaires diffé-
rentes de celles d'ici et un sol peuplé d'animaux humains
non moins dissemblables de ceux qu'on voit manger ou
danser dans la partie du globe où nous végétons pour
l'heure. Nous nous occupions, le caballero Ducuir et moi,
à tâcher de nous insinuer en intermédiaires entre les
Indiens et les commerçants des grands centres. Nous
accomplissions une besogne qui tenait de celle du courtier,
du lanceur d'affaires et de l'avocat, et si la naïveté des
Indiens nous rendait cette tâche facile, les exigences
de nos congénères civilisés réduisaient parfois diablement
notre bénéfice. On n'est jamais trahi que par les siens.
Bref, sans approfondir ce que nous faisions et vous
détailler un trafic auquel je n'ai pas toujours compris

grand'chose moi-même (au reste je vous avertis charitablement que le temps de la prescription est passé sur toutes ces choses) nous vivions là à cette époque.

On pouvait adresser bien des critiques à cette vie, mais on ne pouvait pas l'accuser d'être monotone. Je n'en veux pas tant pour preuve les petites expéditions quasi militaires auxquelles nous contraignait notre métier à moi et à ce bon Ducuir de la Sierra, dont les yeux luisaient comme deux verroteries fausses sur la face de caoutchouc rouge.

Non, je veux parler des fantômes et des brigands.

Le district était en effet visité par des fantômes. L'identité de ces fantômes avait été déterminée par de nombreux témoins. Ils n'étaient autres que les capucins blancs, enterrés jadis dans le couvent, dont le village occupait la place. Bien qu'il ne subsistât de ce sacré caravansérail que quelques arcades et colonnettes du cloître, misérable mâchoire de pierre ébréchée, considérable avait été autrefois le monument. Il était hors de doute que, littéralement, nous vivions sur la nécropole où les antiques moines vivaient leur mort.

C'est là contre qu'ils ne cessaient de protester, au delà de la tombe, par des processions nocturnes du plus grand effet. Rares étaient, dans le village au nom de perroquet dont nous étions les hôtes, les habitants qui n'avaient point, quelque minuit, entr'aperçu ces files de grandes formes blanches venant visiter les plaines hérissées jadis par des tombeaux dont il ne restait plus que les ossements... Il était alors indiqué par les personnes renseignées sur ces sortes de situations, de rester coi, de ne bouger doigt ni langue, tant que les prestigieux visiteurs de monuments absents n'auraient pas réintégré leurs macabres séjours.

Car si les saints revenants manifestaient leur mécontentement de l'affectation fantaisiste donnée par nous à leurs demeures rétrospectives par le seul système platonique de l'apparition personnelle réitérée, ils supportaient très mal, d'après les deux personnes compétentes, qu'on les troublât pendant leurs excursions collectives sur la terre...

J'en parle, vous le voyez, d'une façon badine. C'est que je n'ai aucune espèce de peur des fantômes. J'y crois, mais sans appréhension de derrière la tête, me contentant de me conformer aux usages en cas de rencontre. Les deux fois qu'il m'avait été donné de voir défiler à l'horizon nocturne la vaporeuse compagnie des capucins, je m'étais gardé de faire trop de tapage, voilà tout.

Mais combien autre se présentait en cette occurrence mon associé. Ducuir de la Rosa, dont je vous ai parlé ! Cet homme nourrissait une terreur irraisonnée, des esprits et des revenants. Je n'oublierai jamais le bruit de castagnettes qu'émirent ses mâchoires et l'instantanéité avec laquelle sa rougeâtre figure devint couleur de crâne lors d'une de ces rencontres — où il m'accompagnait. J'ai souvenance aussi du tremblement fébrile qui agitait sa main cependant qu'elle me tenaillait le bras à me le déchiqueter.

J'eus beau, dans la suite, le plaisanter, tantôt spirituellement, tantôt grossièrement, sur sa peur des spectres, il répondait par des affirmations stupides et des histoires révoltantes. Étrange aberration d'un garçon qui, sur tant d'autres sujets d'ordre pratique, savait comprendre à demi-mot les plus subtiles combinaisons !...

Quand je le poussais à bout, il dirigeait vers moi sa tête d'âne rouge que la colère faisait un peu baver, et me répondait que j'avais bien peur des brigands, moi.

Parbleu ! Il aurait fallu être idiot pour ne pas avoir peur des brigands.

Les brigands, Monsieur, ce ne sont jamais des gens recommandables, bien sûr. Mais ceux de ce pays, surtout ceux de cette époque, étaient bien les créatures les plus déconcertantes et les plus dangereuses qu'on pût imaginer. Ils vous avaient des manières de subtiliser dans tout le pays ce dont ils avaient besoin — l'utile et le superflu — qui étaient affolantes, parce que jamais, jamais ils n'avaient été surpris. Oui, Monsieur, depuis des années qu'ils opéraient la nuit, enlevant à l'un une selle, à l'autre une poule, à l'autre une arme, pas une fois, ni la victime ni quelque voisin n'en avait entrevu un seul. Ce n'était que par l'étendue de leurs méfaits et les traces retrouvées (puis perdues) au grand jour, qu'on se rendait compte qu'on avait affaire à une véritable bande... Invraisemblable occurrence ? Peut-être, mais, sans nul doute, vraie...

Dans de pareilles conditions, il fallait avoir le crâne aussi solidement et épaissement renforcé que le señor Ducuir pour se préoccuper des innocentes exhibitions des capucins cherchant les fantômes de leurs tombeaux à travers nos maisons — plus que des exploits palpables et impalpables, des brigands en chair et en os.

Justement un soir, le long du Trou des monts Éteints, j'étais en train d'essayer de faire honte à mon associé d'être à ce point l'esclave du surnaturel, lorsque, pour toute réponse, il ouvrit la bouche et me montra du doigt quelque chose qui se mouvait sur la crête déserte des rocs, à cinquante pas devant nous...

C'étaient eux ! Blancs comme du papier, et légers comme un nuage crénelé, ils s'écoulaient en file...

Ducuir de la Rosa fit « ah ! » et dégringola par terre de saisissement. Alors moi, furieux, je lançai vers les étoiles un éclatant et farouche éclat de rire.

Cependant qu'à entendre ce sacrilège, le Ducuir esquissa un trémoussement d'agonie, je vis les bonshommes d'ouate s'arrêter.

Ils repartirent ensuite doucement... J'allais faire de même, mais mon Ducuir s'était à ce moment relevé et jeté à mon cou pour me conjurer de me taire sous peine de recevoir un sortilège en pleine âme... Je n'y tins plus, et repartis d'un rire démesuré dans le décor vespéral de la sierra...

Alors, délibérément, les capucins fantômes firent demi-tour et piquèrent vers moi à qui Ducuir s'était cramponné comme un noyé déjà à demi-asphyxié.

Or, Messieurs, à mesure que ces inconsistants revenants approchèrent de l'homme goguenard que j'étais, d'étranges détails me frappèrent. Je percevais un bruit de souliers ferrés, quelques éclats de voix me parurent résonner comme les jurons de ma patrie d'adoption.

Ce cliquetis... Ah ! juste ciel ! A la vague lueur du crépuscule, je vis que les fantômes avaient dans les mains l'imitation exacte des trousseaux de fausses clés en usage dans l'ancien comme dans le nouveau continent.

Et voilà que je compris en une dizaine de secondes ce que je n'avais pas compris pendant dix ans : c'étaient les brigands !

Je balbutiai :

— C'est les brigands !

Et les bras m'en tombèrent, et il me glissa de grosses gouttes de sueur, le long du visage...

Et Ducuir ? Je vous donne en cent à deviner ce que fit ce sombre individu. Il avait soudain repris vie à l'idée que ce qu'il avait cru surnaturel était tout bêtement humain, et au moment même où les brutes grinçantes nous atteignirent de leur respiration vineuse et allaient nous mettre peut-être assez mal en point, ce crétin se frotta les mains, délivré d'un cauchemar, et lança comme une fanfare un immense éclat de rire !

La fête

La petite imagination de Bobi avait pour bornes, pendant l'hiver (il avait déjà été témoin de trois hivers) de grands espaces, blancs comme des pages de cahier, divisés par des barrières en forme de menus x alignés. Au milieu de chaque espace blanc, le dé noir d'un chalet pointillé de fenêtres.

Papa était comme un tonneau, mama comme un tonnelet, et Hortensia portait une jolie chevelure blonde de poupée, autour de sa figure en petit œuf rose que la chaleur ou le froid coloriaient vivement.

Hortensia était moins vieille que mama, mais elle avait cinq ans. Elle était donc de beaucoup la sœur aînée de Bobi. Au reste, elle savait chanter des cantiques comme toutes les filles du canton, lequel était celui de Berne.

La maison de bois, découpée comme ces pendules qu'on voit quelquefois, et à peine plus grande, avait été construite par un homme, au temps où le grand-père de Bobi était encore plus jeune que, maintenant, celui-ci. Elle ne contenait personne d'autre que ceux ou celles ci-dessus décrits à travers la vision de Bobi.

Mais il y avait, dans la vie, quelqu'un qui comptait beaucoup : le vieux Zuck. On aurait dû dire : « le très vieux Zuck », car il avait l'âge des pierres et marchait tout tordu et aminci. Ses joues ravinées et accidentées étaient rasées le dimanche ; pendant la semaine, elles étaient saupoudrées de gros sel. Il portait une blouse

noire et un chapeau noir attaché par un élastique sous
le menton, et quand il pleuvait, il se servait d'un parapluie
bleu avec des pointes blanches. Son cou présentait une
bosse qui, alors qu'il buvait, montait et descendait comme
une mécanique. Sa pipe avait un toit.

Zuck était une manière de providence. Il ne travaillait
plus pour vivre ; il ne travaillait et ne s'occupait qu'à
être gentil pour Bobi d'abord, et après pour de vagues
créatures éparses dans le monde et que Bobi haïssait.
Jadis menuisier et charpentier, il menuisait ou charpen-
tait des jouets, miniatures des œuvres d'antan. De ses
mains sortaient de petits traîneaux, de minuscules skis,
d'imperceptibles tables ou des charrettes tombées en
enfance. Le tout à l'usage de Bobi ou de sa sœur, clients
favorisés.

Le malheur, car il n'est pas ici-bas de bonheur parfait,
c'est que Zurk n'habitait pas le village de Spietzdorf.
Il logeait dans la grande ville de Rössli-Kuhlm — l'énorme
cité incompréhensible, fréquentée en hiver par des sauvages de toute espèce : les Anglais, les Français, les Alle-
mands et les Américains, qu'on voit passer, les skis sur
l'épaule ou les patins au poing, avec des maillots
bariolés — verts, rouges et violets — (surtout les sauvagesses) et qui pestent dans leur jargon quand le vent
venu de Provence attiédit les nuages et change la neige
en pluie.

Et même la maison où le Bienfaiteur passait sa vie se
trouvait à peu de distance de celle des parents Rübli,
avec lesquels on était fâché par leur faute, les mauvais
riches Rübli, qui gaspillaient leur bien, et comme les
maudits de la légende, jouaient aux boules avec des mottes
de beurre. Quoi qu'il en fût de ces diables, Zuck, demeu-
rant là, était loin de Bobi et d'Hortensia, et l'on ne
pouvait se donner souvent la fête d'aller le voir...

Or ce jour-là, on était arrivé à peu près à la fin de
l'année, au jour de l'an, et il était évident que Zuck

préparait quelque chose de beau. On ne pouvait par conséquent penser qu'à cela.

Que serait-ce ? Un jouet ? Mais alors, lequel ? Ce n'était pas facile à imaginer, car il avait fabriqué et livré à ses jeunes maîtres d'élection tout ce qu'il est possible de concevoir.

Ce serait peut-être une belle fête avec des lumières, comme l'année précédente, où il avait fait tenir tout un firmament au milieu de sa chambre, sous forme d'un arbre de Noël...

Ce n'était, hélas ! ni de papa ni de mama qu'il fallait attendre quoi que ce fût. Ils n'étaient jamais contents et toujours pauvres, et même en se réunissant, à eux deux, ils eussent été incapables d'apporter quelque chose...

Or justement, ce même jour-là, où la petite sœur et le tout petit frère rêvaient devant la cheminée vide, d'où s'épandait du froid, les parents rentrèrent avec de drôles de figures.

En apercevant les enfants, mama leva les bras au ciel. Elle ouvrit la bouche comme pour parler, mais resta coîte. Elle ôta vite le chapeau qui couvrait son petit bonnet, attira dans un coin, vers la fenêtre bleuâtre, l'homme, qui la suivit, le pas lourd et l'air penaud.

Tous deux parlèrent tout bas, très vite. Puis ils s'en allèrent, très vite aussi, dans le soir.

On avait entendu des bouts de leur conversation.

— Ils ont dit : « Zuck est mort ! » murmura Bobi. Il ajouta :

— Qu'est-ce que ça veut dire ?

— Je ne sais pas, dit Hortensia. J'ai entendu mama dire : « Faut-il leur dire ? » et papa répondre : « Non. Ils ne comprendraient pas. » C'est de nous qu'ils parlaient.

— Ah ! fit Bobi.

Il lui apparaissait confusément qu'il s'agissait d'une surprise... Et ses yeux scintillèrent d'un clair espoir dans la chambre sans feu et sans lampe...

Il ne se trompait pas, puisque le lendemain sa mère le réveilla très tôt. Elle était tout endimanchée ! Elle dit :

— On va aller voir le vieux Zuck.

Elle lui mit ses habits de fête... Et quand il fut revêtu de sa veste et de son pantalon verts, de ses souliers mats et surmonté de son bonnet de mouton noir, il aperçut, debout, en bas, Hortensia, toute neuve elle aussi, droite et épanouie comme un arbuste en pot, avec sa bouffante jupe bleue encerciée de blanc.

On se mit en route. Il faisait un doux soleil, maudit des skieurs mais béni des hommes. Les parents avaient un air sérieux et bon, et ils portaient à tour de rôle un gros bouquet de cyclamens. Sur la figure des enfants se peignaient à la fois l'orgueil d'exposer des vêtements précieux et rares, et le souci contractant de ne pas être touchés par la boue.

Enfin on arriva. Des personnes, ornées de bouquets, arrivaient aussi. Tous ces gens avaient l'air heureux, puisqu'ils souriaient doucement. On se saluait, on se laissait passer, on était poli et bon les uns pour les autres.

Oh ! comme c'était illuminé ! Il y avait des cierges et des fleurs d'argent au milieu de vraies fleurs. Ça sentait bon. Bobi écarquillait les yeux ; il pensait à l'arbre de Noël de l'année précédente... Comme Zuck était gentil !

Mais tout à coup, voilà qu'une femme porta son mouchoir à ses yeux et sanglota.

Bobi, déconcerté d'abord, comprit soudain : elle devait être fatiguée — lui-même était tout engourdi de ne pas s'asseoir, après avoir tant marché. Malgré les lumières, les fleurs et le magnifique endimanchement de tous les invités, ses yeux se fermaient...

Ce fut un peu comme dans un rêve, trottinant à côté de son père, qu'il assista au reste de la fête. Il fut ébloui en entrant dans l'église catholique, illuminée comme une forêt d'arbres de Noël, puis il se laissa poser sur un banc, ensommeillé ; mais l'adorable musique et les chants qu'on entendait les anges chanter en haut l'éveillèrent tout à fait, un moment.

Tout à coup, une idée lui traversa l'esprit. Il dit à son père, pendant un instant où les anges s'arrêtaient de chanter :

— Mais Zuck, qui fait toute cette fête, où donc est-il ? On ne l'a pas vu encore.

Le père hésita, puis il fit tout bas :

— Il est parti...

— Parti ! Pourquoi parti justement aujourd'hui ? Il aurait été content d'être ici.

— Il est plus heureux encore où il est, dit le père.

Tombant de sommeil, mais tenace, l'enfant reprit :

— Mais la fête ? La musique, les lumières, les étoiles, dont il nous a fait cadeau...

— On lui donne une plus belle fête à lui.

— Qui donc est assez vieux pour lui donner quelque chose ?

— Le bon Dieu, répondit le père, un peu gêné.

L'enfant, rassasié de parfums et de splendeurs, bâilla. Et de lui-même le père continua :

— Le bon Dieu nous donnera la même fête à nous, un jour sûrement, et le vieux Zuck y sera.

— Ce sera surtout à cause du vieux Zuck que j'irai, dit Bobi, parce qu'on le connaît mieux que le bon Dieu...

*

La punition

Mᵉ du Rosier traversait à petits pas la place pavée, en pente, haute et étroite comme une cour, qui séparait la cathédrale du portail de son étude. Le soleil bas dorait les pierres, violaçait son bel habit bleu, et rendait éclatants ses bas blancs.

Le notaire portait une figure souriante et rose, fleurie de favoris argentés et posée sur un large col cravaté solennellement de marbre.

Depuis la rue Frontispice où sa canne à pomme d'ivoire frappait le trottoir brun-rose, jusqu'à son portail où ses yeux reflétèrent l'éclair accroché par le soir aux panonceaux, il rencontra trois personnes, et ces trois personnes le saluèrent très bas : un fonctionnaire bilieux et austère, un paysan timide, aux mains rougissantes, à la maigre figure couverte, dans le bas, d'une couche de cendre ; une certaine dame, ronde, dodue et soyeuse, aux volants de dinde, surmontée d'un chapeau à brides volumineux comme une lucarne.

L'important notaire pénétra chez lui.

Dans le vestibule blanc, dallé en losange, Florimond ouvrit silencieusement une porte, et Mᵉ du Rosier entra dans son cabinet.

Une fois seul, il cessa de sourire. Et, quelques instants après, il fit une sorte de grimace.

Sa goutte ? Non, car il s'était mis à marcher. Le front à un des petits-carreaux verdâtres de la fenêtre, il contempla le jardin. Au fond de la pelouse, un mur chargé de lierre devant lequel s'alignaient des ormes séculaires, géants de la nature.

Ce jardin, soudain, s'illumina : sa fille Hortense, et Adèle, son épouse, y apparurent... Elles formaient un groupe charmant. Elles paraissaient, dans le soir qui descendait finement du ciel bleuté, n'avoir qu'une seule écharpe et qu'une seule âme. Cependant un reste de soleil entourait d'une ligne claire leurs cous et leurs bras nus. Hortense ressemblait au pastel ovale pendu au-dessus du secrétaire, et qui était le portrait d'Adèle fiancée.

Le riche homme de loi sourit de voir ainsi en même temps les deux femmes de son cœur. Puis il prit à nouveau une physionomie convulsée, comme celle que la peinture prête aux victimes des dieux infernaux.

Non, ce n'était pas en raison de sa goutte. C'était parce que, malgré les apparences, il était ruiné.

Oui, lui, le premier notaire de la ville que tous honoraient, le croyant opulent, il n'était plus à cette heure qu'un pauvre.

Un jour ou l'autre, brusquement, comme au théâtre, l'affreuse vérité se révélerait à tous les spectateurs de la ville.

Il gémit... Il voit passer, châle vert et châle marron, Hortense et Adèle qui vont seules au dîner de la vicomtesse...

Il voit passer aussi Florimond, dans sa casaque de cocher, car c'est lui qui conduit le cabriolet.

De la fenêtre, il distingue aussi dans la délicate mousseline du crépuscule, se dirigeant vers la porte de derrière, les clercs. A leur suite, le petit Rodolphe, enveloppé d'un habit trop large et coiffé d'une haute casquette, va rejoindre sa mère, laitière dans les faubourgs. Et Mélanie aussi s'en va, par l'issue du jardin, grosse ombre blafarde à cause de sa robe d'indienne claire.

Tout le monde est parti. Sous le rayon vide et aveugle

de la lampe, courbé dans son fauteuil, il pense aux coups dont le sort l'accable, à la surprise terrible qu'éprouveront de sa ruine les innocents objets de sa tendresse, et aussi les parents éloignés, si respectueux, et tous les notaires de l'Ile-de-France, et le roi lui-même qui, à l'occasion d'un voyage dans la région, a prononcé un jour son nom.

...Deux coups nets retentissent dans le soir. C'est le marteau du portail. On frappe chez lui à sept heures du soir !

Personne pour aller ouvrir. Alors il se lève, et la lampe à la main, gagne le vestibule. Il manie le verrou, pousse la porte, lève la lampe.

Dans le décor ténébreux de la nuit d'automne, on discerne un chapeau pointu à boucle, un visage sombre comme un masque, un grand corps entouré d'un grand manteau qui claque au vent.

Le visiteur crie : « Je suis Léonard ! »

Il tend les bras. C'est en effet son vieil ami, le grand armateur du Havre. Ils entrent. Dans le vestibule pâle leurs longues ombres bougent. Le voyageur apparaît à la lueur de la lampe, poussiéreux, haletant, secoué par le voyage.

Il vient de loin : la veille il était au Havre et le matin même, à Rouen !

— Je repars à l'instant, dit-il.

Selon son habitude, il est exubérant, pressé, prolixe, et ses yeux roulent dans sa dure figure bronzée.

Il explique que pendant le relais de la poste il a couru chez son ami pour lui remettre une très grosse somme qu'il porte : cent mille écus, et qui l'embarrasse fort pour le moment.

— Les voici.

Une fois la liasse remise, il serre dans ses bras du Rosier qui écarte la lampe, et il fait mine de partir.

— Le reçu ?

Du Rosier le lui fera parvenir demain. Pour le moment,

il n'a pas le loisir de l'attendre. Le temps de vérifier les valeurs, de compter l'argent : la diligence, où il y a un riche Anglais très pressé, serait repartie sans lui.

Ces discours assourdissent M⁰ du Rosier, qui demeure coi. Léonard disparaît. Le notaire veut l'éclairer sur le seuil, mais le vent éteint la lampe.

Il la rallume après avoir refermé la porte, rentre dans son cabinet, dépose les cent mille écus dans le secrétaire — et songe.

Il songe — avec un sourire amer — que sa maison contient maintenant une petite fortune, celle que chacun croit qu'elle contenait.

Il hausse les épaules, soupire, il s'apprête à faire le reçu qu'il enverra à Léonard le lendemain matin...

Il s'arrête, la main suspendue, avec un sourire amer. Il a une idée baroque.

Quelle affaire, s'il mourait subitement ce soir avant d'avoir fait le reçu ! L'argent appartiendrait légalement, incontestablement à sa femme et à sa fille. Au moins elles ne seraient pas ruinées.

Mais il ricane. Il ne mourra pas. Il se lève, se regarde à la glace. Il est fort et bien portant (et même sa goutte n'est qu'un prétexte qu'il prend depuis quelque temps pour s'affranchir des obligations mondaines et s'emprisonner dans ses sombres pensées). Non, il ne mourra pas de si tôt !

Il tend la main vers une feuille de papier timbré pour tracer la formule du reçu.

Mais son regard se dirige vers la fenêtre. Celle-ci se dresse comme un doux fantôme ; c'est à cause du clair de lune. Dans le jardin où les deux femmes évoluaient tout à l'heure, rôde un éclairement d'argent, un soleil plus virginal que le soleil, et cela l'appelle silencieusement devant les vitres.

Alors il croit voir, en un rêve, Hortense et Adèle se mouvoir sur l'herbe neigeuse... Le mirage les montre bien, aussi jolies l'une que l'autre, puisqu'elles se ressemblent, et animées d'une commune joie... Hélas ! cette fraternelle félicité va se rompre bientôt et ne sera que débris... Ah ! quel châtiment affreux, quelle expiation mérite-t-il, pour avoir, dans l'ombre, sans qu'on le sache, anéanti ce précieux bonheur ! Et ses poings se crispent à son visage, à mesure qu'il réfléchit à la douceur de vivre.

Le lendemain, Florimond trouva le corps de Mᵉ du Rosier étendu dans son cabinet. Le notaire avait la tempe trouée par la balle d'un pistolet qu'il étreignait encore. Sur le bureau, une feuille de papier timbré était placée. Le suicidé y avait écrit qu'il souffrait et qu'il demandait pardon.

Ressemblance

Au seuil du porche majestueux, elle contemplait le soleil qui poudrait d'un nuage d'or la rue du Tison. Elle était la concierge de la Fourrière municipale.

Sa figure était plate, blême et sèche comme une affiche officielle. Sourde aux cris des chiens qu'on utilisait ce matin-là dans le laboratoire Thiercelin, dépendant de la Faculté de Médecine, mais contigu aux bâtiments de la Fourrière, elle rentra doucement dans sa loge pour caresser son chat Ronron.

A la suite de l'accident de chemin de fer qui détruisit, sur la ligne du Nord, Charles Grandu, sa veuve avait été, par exceptionnelle faveur, investie de son titre et de son emploi de concierge de la Fourrière du chef-lieu. Elle s'acquittait avec un zèle légendaire de ses fonctions, importantes par leurs ramifications administratives — l'établissement dépendant à la fois de la Mairie, de la Préfecture et de la Faculté — et aussi par le mouvement considérable des entrées et des sorties.

Dans le temps jadis, lorsqu'elle s'était, au retour du voyage de noces au Tréport, installée là avec son mari, elle ne pouvait s'empêcher d'être impressionnée de l'air désappointé des chiens capturés qui pénétraient dans cette cour. Il lui était même arrivé de fermer les yeux lorsque d'autres en sortaient, raidis et comme empaillés, dans le tombereau du jeudi, ou bien gambadant, pleins d'illusions, au bout de la ficelle d'un garçon de laboratoire.

En ces temps, elle se bouchait les oreilles, lorsque le laboratoire retentissait d'espèces de cris d'enfants et surtout des rires d'étudiants.

Mais Grandu lui avait prouvé qu'il fallait bien que les fonctionnaires combattissent les animaux errants, danger public, et qu'il n'était pas moins nécessaire, dans l'intérêt général, que les médecins pussent les ouvrir pour regarder dedans.

Il lui avait expliqué — et c'était un si bel homme qu'elle avait fini par comprendre — que ceux-là n'étaient pas du tout des animaux ordinaires, mais des prisonniers, pris en faute, en révolte contre la loi, et d'ailleurs anonymes. Et maintenant elle n'était plus capable de faire attention aux bêtes condamnées.

Elle aimait de tout son cœur son chat Ronron, le caressait autant que possible. En rentrant dans sa loge, elle alla vers l'édredon bleu où il avait coutume de dormir.

— Ah ! fit-elle en levant les bras.

Au fond de l'édredon, creusé comme un nid, il y avait deux Ronron. Ou plutôt, à côté de Ronron, s'enroulait un autre chat qui semblait son ombre, parce qu'il était tout proche de lui, tout gris.

— Hé ! murmura la dame, l'œil vidé, les lèvres entr'ouvertes et raides comme celles d'une tirelire.

Bien sûr, ce n'était pas difficile de comprendre : cette échine en lame de couteau, cette figure pelée de négrillon, cette fourrure râpée, aussi lisse que celle d'un vieux gant, dénonçaient un évadé des cages municipales.

Elle grogna et fit un pas vers le coin où le balai l'attendait.

Mais, à ce moment, il se trouva que Ronron se leva sur l'édredon bleu et fit un gros dos et que l'autre chat se dressa également et, semblablement, arqua son dos. Leurs deux queues s'érigèrent aussi droites l'une que l'autre, et ils miaulèrent, juste en même temps, le même bredouillement obscur et surhumain.

Et alors, pour la première fois de sa vie, à cause de la miraculeuse similitude de ces gestes, la bonne femme s'aperçut que, malgré l'apparence, tous les chats de la terre se ressemblent beaucoup. Il n'y a pas, entre ceux qui seront toujours caressés et ceux qu'on cherche à tuer, la différence qu'on croit.

Oui, Ronron avait beau être tout riche et empanaché et incrusté de prunelles somptueuses, et l'autre tout rapiécé et déshabillé de poils — nonobstant sa jeunesse — et porteur d'une queue semblable à une ligne, on comprenait bien qu'il n'y avait pas de vraie raison pour que l'un fût heureux et l'autre martyrisé, et on songeait, bon gré mal gré, à une sorte de vague et infinie famille.

Elle fit une grimace, ne sachant pas bien encore ce qui lui prenait. Mais ayant aperçu par la fenêtre, dans la cour, le garçon de laboratoire Quillebeuf qui accourait en gesticulant, elle empoigna résolument l'anguleux rescapé et le fourra sous l'édredon. Puis elle fit face à la porte, héroïne d'un informe instinct.

Quillebeuf apparaissait dans l'embrasure. Il était rouge et agitait une ficelle.

— Il est ici ? demanda-t-il précipitamment.

— Qui ? interrogea la concierge.

— L'chat ? cria l'homme. L'chat ?

— Quel chat ? fit-elle sans bouger.

— Il a filé par ici, la sale bête, reprit Quillebeuf exaspéré. Un chat gris. Vous l'avez bien vu, hein ?

Avec un calme extraordinaire, Mme Grandu, la scrupuleuse fonctionnaire qui n'avait jamais failli sur les choses du service, crispa un peu ses mains à son tablier et répondit :

— Non.

De plus, elle hocha négativement la tête et ajouta :

— Pas du tout.

L'homme ne cacha pas sa stupéfaction.

— Mais non, alors quoi ! bégaya-t-il. Il m'a glissé des

mains, le bandit. Pstt !... Mais de ce côté... Vous pouvez ne l'avoir pas vu entrer chez vous. Peut-être il est sous un meuble en train de se fiche de nous. J'vas chercher, vous permettez ?

— Cette bête n'est pas ici, je vous le dis.

****

Elle employait une voix paisible. Elle se raidissait en gros efforts pour conserver un air simple, vraisemblable. Elle accomplissait une prouesse comparable pour la difficulté à celles des femmes, qui, jadis, cachaient des suspects et savaient garder, en face des chercheurs déchaînés, un masque de tranquillité.

— Si vous voulez, entrer, entrez... Mais ce n'est pas la peine.

Buté à son idée, l'homme entra. Elle s'écarta. Il tendit le cou, eut un sursaut, puis un haussement d'épaules en avisant Ronron en boule sur une chaise ; flaira à droite, à gauche, cligna de l'œil.

Son regard explora le lit, l'édredon bleu, s'y attacha une seconde, deux secondes... Rien ne bougea, mon Dieu !

Elle demeurait là, sa figure ronde aussi pâle et impassible que le cadran de l'horloge.

L'homme grommela, tandis qu'il se baissait pour inspecter le dessous de la table. A cet instant, elle eut, subitement, l'impression de l'énormité de ce qu'elle risquait, elle ! — et manqua défaillir. Elle se reprit, n'ayant qu'un peu toussé et légèrement reniflé.

Quillebeuf dit :

— Il n'y est pas.

C'était un caractère mal trempé. Il lança un large geste de désespoir, s'envoya un coup de póing sur la tête et éclata en récriminations touffues contre les combinaisons du sort à son endroit. Voilà que le patron allait encore le traiter d'idiot en le voyant rentrer avec une ficelle « vide ».

Il lâcha un mot ordurier, s'en excusa, puis se retira, traînant ses semelles découragées et courbant son dos où bouffaient les plis de sa blouse.

*
* *

Mme Grandu tomba sur une chaise, à bout de courage, essoufflée et palpitante d'avoir, pour la première fois — et comment ! — violé le plus formel et le plus sacré de ses devoirs de concierge de la Fourrière.

Après quelques minutes, elle fit : « Hum » avec décision et se remit debout.

Elle se dirigea vers le lit, quelque peu chancelante, comme si elle avait bu du bon vin. Dans la glace de l'armoire, elle se vit mal, à cause qu'elle avait les yeux brouillés, comme à l'époque de son deuil.

Elle souleva l'édredon bleu. Le chat, paralysé de fatigue, d'aventures et de dénuement, ne se dérangea pas. Il ne pouvait plus, ne savait plus. Il se contenta de soulever vers elle sa petite figure usée par l'injustice et ses petits yeux mouillés d'âme.

Elle le toucha, d'une main douce comme lui, et justement, elle sentit les battements de son cœur. Elle se pencha vers lui, glorieuse d'avoir sauvé toute une créature. Avant de réfléchir au mal qu'elle aurait pour élever en cachette ce coupable, aux drames possibles, elle le dévisagea, elle le dévisagea maternellement, puisqu'elle lui avait donné la vie.

Le revenant

Quand on appelait : « Pierrot ! » il montrait sa tête toute noire et on riait de l'esprit de ce chien.

Parfois, dans notre chambre, le soir, moi sur mon fauteuil, lui par terre, nous tournions ensemble la tête l'un vers l'autre, et j'ai pensé souvent, depuis, combien ce simple événement était extraordinaire : se regarder tout d'un coup, en même temps.

Il était venu entre Emma et moi, au moment qu'il avait fallu : nous étions, je l'avoue, un peu las l'un de l'autre. Quand on a été deux si longtemps, on a l'impression qu'on redevient seul. On aspire à redevenir deux. C'est le moment fragile de l'existence des couples ; on est bien près de se haïr, de tout l'amour qu'on garde en reste. La bonne solution c'est un enfant ; il en est d'innombrables autres, fâcheuses. Il nous échut, à nous, ce moyen terme : un petit caniche frisé comme un négrillon. Il nous occupa, sans que d'abord nous nous en défiâmes, autant que n'importe quel tiers, et si sa présence ne remplaça pas celle du mioche refusé par le sort, elle nous consola et nous guérit de son absence.

Bref, nous l'adorâmes, et, par là, il nous apprit à nous intéresser à tout. Nous en vînmes à admirer des couchers de soleil, comme au temps passé, à parler de l'Italie, et à bâtir des projets.

Nous causions avec lui ; il parlait peu ; il pensait, surtout. Un chien n'est pas fait pour des explications ;

il vit et aime au-dessus de tout cela. Il ne comprend pas les menus détails ; la broutille de nos soucis lui échappe. On ne peut échanger avec lui que de vastes pensées et des sentiments profonds, et pour cause : ce n'est pas un être humain, ce n'est qu'une pauvre créature surhumaine.

...Or, un jour, Pierrot disparut. Profitant de portes entre-bâillées, il était descendu dans la rue, comme il l'avait fait souvent ; mais, cette fois, il ne revint plus.

Quelles angoisses, quels bras levés au ciel, quelles exclamations sur tous les tons, quelles démarches éperdues, soufflantes, aux Préfectures, aux Fourrières, aux Agences ! Dans le quartier, où on nous plaignait, et que ponctuaient des affiches jaunes promettant une récompense au-dessus de nos moyens, que de retours, le soir, tête basse !

Nous n'osions pas nous dire l'un à l'autre l'importance de cette disparition. Une sorte de respect humain nous empêchait d'être sincères, de peur de paraître fous. Le deuil des bêtes a ceci de cruel, qu'il doit être effacé, rapetissé, humble comme elles.

Mais sur Emma et moi tomba une sorte de mélancolie désemparée, qui s'aggravait de jour en jour. Quand on avait parlé de Pierrot : « Te rappelles-tu le jour où il a joué avec le soulier du peintre ? » — « Et quand il a monté l'escalier à grand bruit — floc, floc ! — et qu'il l'a redescendu tout doucement ? » On ne savait plus quoi dire. On bâillait, on bâillait aux larmes.

— Que veux-tu, il ne reviendra plus, faut s'arranger sans lui, concluais-je d'une voix tremblante d'ivrogne.

— C'était un type ! reprenait Emma.

On repartait sur une autre anecdote, d'autant plus sinistre qu'elle était plus amusante.

Cela traîna un an. Un soir, avant de rentrer nous coucher, nous nous étions arrêtés, pour tuer le temps, au seuil de la porte cochère, devant la loge, et faisions un brin de causette avec les Méharit et les Plumat. Une masse noire jaillit de la rue grise et fondit droit sur moi.

Vlan ! Je la reçus en pleine poitrine. Je chancelai, avec un léger cri, mais aussitôt, l'œil écarquillé, je clamais, en me débattant de joie :

— C'est toi !

— Oui, oui ! répondit Pierrot, de sa voix la plus stridente, tout en bondissant et en pirouettant autour de moi avec une telle vélocité qu'il semblait sortir de tous les côtés à la fois.

Emma voulut s'élancer, parler, mais ne produisit qu'un bêlement, et resta, figée comme une statue, droite comme une borne. La brusquerie de ce retour lui portait un coup.

Les Plumat et les Méharit, après s'être exclamés en chœur, s'écartèrent discrètement en secouant leurs fronts d'un air pénétré, et en échangeant des propos de circonstance.

Nous nous précipitâmes à travers le vestibule, l'escalier, tantôt suivis, tantôt précédés de la joie débordante de Pierrot.

Notre palier ; notre bruit de clef. Nous entrâmes dans le noir. On piétina, haletants.

Je portai la lampe de la cuisine à la salle à manger. Là, Pierrot se calma, s'allongea devant la cheminée, bâilla, puis, dressant la tête, nous considéra tous deux, car nous nous étions placés tout près l'un de l'autre, devant lui.

— Tiens !... fit Emma.

— Quoi ?

— Rien, rien...

Il y avait quelque chose, pourtant. Il devait y avoir quelque chose, car, moi-même, je dis très vite :

— C'est bien lui, c'est tout à fait lui... N'est-ce pas ?

— Bien sûr, c'est lui ! dit-elle en haussant les épaules avec quelque nervosité.

Elle ajouta :

— Il a vieilli, tout de même. Un an, c'est comme dix ans pour nous... C'est ça qui lui donne ce drôle d'air.

Nous nous approchâmes, les mains en avant, pour le caresser. Emma se baissa.

— Bien, quoi ? Qu'est-ce qui lui prend ?

Pierrot s'était levé, esquivant nos mains, puis d'un coup sec, assis droit sur son derrière. Ses pattes de devant battaient l'air et il dodelinait de la tête à droite et à gauche, à la manière d'un ours...

— J'en bave ! dit Emma.

Et puis voilà que subitement, il bondit en l'air et se mit à courir très vite autour de la table, la moustache au ras du sol. Arrivé devant la cheminée, il hésita, trépigna, prit de l'élan et exécuta une culbute en avant...

Devant nos yeux et nos bouches bées, une seconde, une troisième culbute se succédèrent... Après quoi il se secoua, regarda à la ronde, et alla, en reculant, s'asseoir à l'écart sous une chaise.

— Il est devenu savant ! marmottai-je d'une voix étranglée.

Pierrot savant ! On s'attendait à tout, mais pas à cela ! Nous échangeâmes un regard affolé. Je fis un effort :

— Sacré nom d'une pipe ! articulai-je péniblement. C'est épatant...

— Ben vrai !... soufflait Emma, ben vrai !...

— Ça t'ennuie ? Pourquoi ? demandai-je d'un ton lugubre, la figure à l'envers.

— Écoute-le ! Qu'est-ce qu'il a encore ?

C'était une suite d'aboiements très particuliers, saccadés et réguliers, que Pierrot émettait avec l'application immobile, la prunelle sérieuse de ceux qui travaillent.

— Il parle, c'est sûr. Qu'est-ce qu'il veut dire ?

Elle soupira, je fronçai les sourcils et, décontenancés devant la pauvre énigme immense, nous écoutâmes vainement le discours de notre Pierrot revenu à la maison, savant, et parlant une langue étrangère...

— Jacques ! cria alors Emma, c'est plus lui ! Il est tout changé, tu vois bien. C'est quelqu'un d'autre !...

Et, en achevant ces mots, elle fit la grimace qui préludait chez elle à une crise de larmes.

Moi je haussai les épaules, à mon tour. Mais j'interpellai énergiquement Pierrot, lequel m'avait l'air, maintenant, l'échine ondoyante et les pattes mécaniques, d'esquisser une sorte de danse.

— En v'la assez ! T'es chez nous. Veux-tu te taire et ne pas bouger ! Couché ! Couché !

Terrorisé, il s'aplatit, le nez collé au parquet, laissant flotter en l'air un regard désorbité, incompris et suppliant.

Emma tomba sur une chaise, avec un bruit mou.

— Quelle histoire ! A-t-on jamais vu ça, hein ? me demanda-t-elle.

— Sacré nom d'une pipe !... répartis-je tout bas.

— Vois-tu, il est resté trop longtemps loin de nous, balbutia-t-elle, la lèvre lasse, la paupière spongieuse. C'est plus lui.

— Mais si, voyons... Faut dire aussi que...

— En tout cas, *c'est plus nous.*

Ce disant, elle renifla et, tout en regardant ailleurs, je vis qu'elle cherchait dans son sac son mouchoir.

...Nous restâmes là, tous les trois, tout intimidés, gênés, à nous observer de côté, à nous chercher l'un l'autre...

Pierrot remuait encore faiblement la queue, dans la dernière vibration de la joie du retour. Emma et moi, nous avions sur la figure un restant de sourire. Silence.

Elle toussota. Je me frottai les mains machinalement. Enfin je dis :

— Quelle heure est-il ?

Nous avions l'air, lui et nous, non de parents, mais de gens en visite dans un salon... Oui, des étrangers qui se reçoivent, se sont assis côte à côte, avec leurs têtes neuves et leurs empressements désorientés, et qui, au lieu de se dire ce qu'ils pensent, se disent : « Monsieur ! » ou « Madame ! »

L'homme noir

____

— Écoutez-moi, dit Jean-Jean, et vous verrez ce qui lui est arrivé, à Mandolino. Donc, depuis cinq ou six semaines, on avait rencontré l'Homme noir aux environs d'Arrit.

— L'Homme noir ! Il est revenu ?

— Un peu ! répondit Jean-Jean. Il avait jeté des pierres aux charretiers des sablonnières, fait tomber une femme à la renverse, rien qu'en lui montrant, entre deux arbres du fourré, sa face d'enfer. Il avait visité de nuit la métairie à Castiat et défoncé la porte de la cave, ainsi qu'un tonneau. Et, naturellement, selon ses habitudes démoniaques, qu'il avait déjà de votre temps, chaque fois il disparaissait subitement sans qu'on pût savoir où il était passé ; il s'évaporait, s'éparpillait comme une sale fumée noire. Mais ce qu'on savait, c'était que les voituriers avaient qui la jambe cassée, qui l'épaule démise ; que la grosse Tontine, repêchée sur le chemin, était rentrée au village avec un masque et un tablier de boue, et que Castiat avait trouvé un matin sa cave ouverte et son tonneau vide.

« On ne parlait que de ces choses, à Arrit, et il commençait à y flotter une irritation des femmes contre les hommes qui laissaient l'Homme noir — un de leurs pareils, après tout — faire ses mauvais coups en paix. Les hommes serraient les poings, Mandolino comme les autres, et pendant que les femmes criaient, ils se répétaient tout bas que c'était peut-être bien le « Diable noir » qu'il fallait prononcer.

« Un jour, le maire dit à Mandolino :

« — C'est toi qui descendras l'Homme noir !

« Mandolino réfléchit, fronça les sourcils, serra les dents, et répondit gravement :

« — C'est moi que je le descendrai.

« Mandolino, comme vous savez, logeait dans la dernière maison en haut, non loin du bois qu'on appelle, n'est-ce pas, le Fagot, et où l'Homme noir était bien forcé de gîter, à moins qu'il n'habitât directement l'enfer. De plus, Mandolino était Corse. »

— Il me semble que je devine : c'était Mandolino l'Homme noir !

— Non. Le lendemain même du jour où notre ami prit cette manière d'engagement vis-à-vis du maire, il sortit à l'aube de sa petite maison. Il s'installa devant la porte, sur le terre-plein, et il se mit à charger sa carabine dans les premiers rayons frais de l'aurore. Or quelqu'un, sans qu'il s'en doutât, le regardait faire...

— L'Homme noir !

— Non, pas l'Homme noir. Au contraire, sa fillette Mella, que vous n'avez pas connue, vu qu'elle n'était même pas encore préparée quand vous avez quitté Arrit pour la capitale... Oui, au contraire — j'ai bien dit — car cette petite fille était aussi mignonne, aussi claire, que l'homme en question était monstrueux et sombre, et il ressemblait moins à ce qui sort d'une cheminée d'hiver qu'elle à ce qui sort d'un cierge.

« Cette petite créature, qui s'était par hasard réveillée tôt et, par miracle, glissée jusque-là sans éveiller l'attention, examinait, dans un creux d'où émergeait le bijou de ses cheveux, le paysage. Celui-ci était très beau, avec cette brume argentée du matin qui semble mettre une robe légère à tout l'espace... De plus, l'enfant suivait de ses yeux bleus, lumineux au jour comme des lucioles diurnes, le manège de son père...

— Je devine ce qui s'est passé ! Mandolino, voyant remuer, a cru que c'était...

— Non, Mandolino chargeait sa vieille carabine avec soin. Il ramassait de la poudre par petites pincées, qu'il versait dans le canon, puis, avec la baguette et le maillet, il tassait chaque fois la charge... Une fois la dose de poudre dûment emmagasinée dans le tonnerre, il y introduisit de la même façon une bourre de chiffon gras, puis la balle... Saisissant ensuite l'arme par la bretelle, il descendit jusqu'à une plate-forme naturelle, qui constituait un excellent observatoire : on y embrassait d'un coup d'œil toute la lisière du Fagot, encaissée entre deux ravins, à une cinquantaine de pas en contre-bas. De plus, un éboulis de pierres et de terre dissimulait la plate-forme, sorte de degré placé au flanc de la pente pour le pied d'un géant.

« Mandolino posa sa carabine debout à côté de lui, s'adossa à une souche de pin et, l'œil grand ouvert, attendit l'apparition de la silhouette maudite parmi les trembles de la lisière.

« Mais il n'est œil si bien ouvert qui ne se ferme à la longue, en raison même des efforts qu'il fait pour écarquiller la paupière. Au bout d'une heure que le champion d'Arrit était là, entêté à son poste, la mâchoire serrée à bloc, avec l'air de dire qu'il n'en démordrait pas, ses paupières s'appesantirent. Une fois, deux fois, il redressa brusquement le cou, toussa, s'éveilla ; puis il retomba, vaincu par l'immobilité, malgré qu'il fît : « Non », de la tête, lentement.

« C'est alors que descendit vers Mandolino une minuscule forme ensoleillée : Mella. Qu'avait-elle fait, durant l'heure passée ? On ne savait pas ; mais toujours est-il qu'aussi silencieuse qu'étincelante, elle s'approcha du grand dormeur comme un atome de fée.

Elle sourit de voir à quel point il ne bougeait pas. Elle avait sans doute son idée. Elle approcha tout doucement, saisit la carabine.

— Ah ! Cette fois, je sais la suite : l'accident...

— Non. Elle saisit la carabine, la traîna à l'écart, puis se rappelant ce que son père avait fait avec, elle fit de même. Elle prit de petits fragments de terre et les introduisit avec délicatesse dans le canon. Puis, toujours à l'exemple de son père, elle tassa la terre avec une baguette, et en remit encore et encore...

« Ce fut un long travail pour remplir l'arme. L'enfant avait ses dix doigts tout noirs, et même ses mains avaient imprimé sur ses joues des trèfles à cinq feuilles. Elle hochait la tête et se parlait, pour s'encourager à aller jusqu'au bout. Lorsqu'elle eut fini, elle déposa la carabine à l'exact endroit où elle l'avait trouvée, et s'enfuit dans un bref sillage de rire...

« Était-ce à cause de cet égrènement perlé qui lui coulait dans l'oreille ? Ou bien parce qu'un instinct l'avisait qu'une forme ténébreuse et trapue surgissait du taillis ? Quoi qu'il en fût, Mandolino s'éveilla, et ayant ouvert les yeux, il les frotta furieusement, avec un sursaut muet, car l'Homme noir était planté à cinquante pas devant lui. Oui, entre deux blanchâtres tiges, se dessinait le torse d'ours et l'hirsute face de suie du satanique maraudeur.

« Mandolino émit un juron étouffé en langue corse (qui ressemble à l'italien), il étendit le bras de côté, sans quitter des yeux le vaste fantôme, empoigna sa carabine, vérifia la capsule, épaula, fit feu...

« Et, ajouta Jean-Jean, quand nous conduisîmes, le surlendemain, au cimetière ce pauvre Mandolino, nous n'avions, malgré nos recherches, rien pu retrouver de sa tête... »

Ce disant, Jean-Jean baissa sa rude face rasée, au front de terre cuite, aux joues peintes en violet et aux yeux noirs comme le cambouis.

L'avenir

Le cabriolet de poste s'arrêta au Cheval-Blanc, à l'entrée de Pouilly, bourg du Beauvaisis. Aux yeux émerveillés du populaire rustique, nous en descendîmes tous trois : M. le comte de Montmirail, de l'Institut, le glorieux nourrisson de Clio en même temps que de Thalie ; M. Cadoie le fils, auteur de plusieurs livrets d'opéra et d'un fameux recueil de maximes, celui-là même que S. M. Louis-Philippe aurait nommé, l'année dernière, précepteur de Mgr le duc de Nemours, en considération de l'immortalité promise à ses ouvrages, si l'intrigante politique n'avait imposé au monarque un autre choix ; et moi, qui suis bibliothécaire de 3e classe en un établissement utile et illustre entre tous, et dont l'éloge n'est plus à faire : j'ai nommé la Bibliothèque royale.

C'était pour moi un honneur insigne, que tu m'envieras, ami lecteur, de voyager en telle compagnie. Je devais cette faveur aux bons offices du général duc de Bezons, qui me protège, ainsi que les miens, et à l'endroit duquel nous professons — je tiens à l'attester ici solennellement, une fois de plus — le plus aveugle dévouement.

Je renonce à peindre l'empressement avec lequel l'aubergiste se précipita à notre rencontre, hors de son auberge rebondie et cerclée de poutres brunes, à la manière d'une barrique.

Le souper fut passable, les lits furent assez bons.

Le lendemain, fort tôt, nous descendîmes dans la cour de l'hôtellerie. M. le comte, le bicorne enfoncé jusqu'aux yeux, était enveloppé dans un ample manteau bleu. M. Cadoie, coiffé d'un chapeau haut de forme à longs poils, disparaissait dans les plis d'un karrick couleur de café au lait, et moi, plus humble et plus maigrement vêtu, j'avais mon chapeau noir et mon paletot administratif.

Or, dans cette cour, nous croisâmes une jeune campagnarde munie d'un balai. Cette servante souriait, et elle était parée de tous les attraits de la beauté ! Vision inoubliable ! La joue du tendron brillait d'un vif éclat, et son œil noir avait un feu tel que celui d'une Andalouse de Barcelone eût paru terne à côté. C'est avec la majesté d'une reine qu'elle utilisait l'honorable mais modeste attribut du travail que j'ai nommé plus haut.

Célina — c'est ainsi qu'elle s'appelait — n'était point seule, non : de beaux valets de ferme, d'aimables goujats ainsi que de jeunes paysans aisés l'escortaient d'une manière de cour, lui adressant de galants propos et accueillant ses dires d'un air d'extase, voire d'adoration ! Nous daignâmes sourire à ce tableau champêtre, idyllique, qui respirait l'allégresse. Mais voici que nous avisâmes soudain, sortant d'une étable où gîtait un bétail dont il n'est pas séant à un écrivain qui se respecte de tracer le nom, une créature contrefaite et hideuse qui nous jeta un regard acrimonieux.

C'était une femme, s'il est permis d'appliquer ce vocable à un être sans forme et sans âge, affligée d'une claudication auprès de laquelle celle de Vulcain vous eût paru imperceptible, au dos courbé comme l'arc du guerrier numide, à la poitrine creuse, dont la hanche pointait par moments sous les loques qui l'empaquetaient. De la masse confuse de sa personne s'érigeait une brève tête, ridée, grise comme la pomme de terre, sur laquelle semblait peinte une mince couche de cheveux noirs, et où rentrait un nez trop court, et d'où pendait une bouche trop grande...

Oui, telles furent les deux apparitions qui se succédèrent à nos yeux surpris. Contraste éclatant sur lequel M. Victor Hugo, s'il avait eu l'avantage de se trouver avec nous, n'aurait pas manqué de s'exprimer ingénieusement, comme il lui est arrivé plus d'une fois de le faire.

Quoi qu'il en soit de ce littérateur, le rapprochement entre les sorts de ces filles était si cruel que nos yeux se mouillèrent !

Nous interrogeâmes l'hôtesse, qui nous apprit que Célina était douce, bonne, d'une intelligence et d'une situation de fortune bien au-dessus de sa condition, « quasi riche » pour employer la terminologie naïve de notre villageoise. Quant à Céleste, infirme, elle était aussi méchante que misérable, et chacun la haïssait avec juste raison.

Tandis que nous soupirions, M. de Montmirail leva au ciel ses yeux vénérables, et dans un transport de pitié s'exprima à peu près en ces termes :

— O sort inflexible ! Quelles différences profondes tu te plais à établir entre la destinée des uns et celle des autres ! Pourquoi, réponds, pourquoi combles-tu certains de tes enfants de tous les dons, de tous les biens, de toutes les vertus, alors que tu en sèvres leurs voisins ? O destinée barbare !

— Hélas ! s'écria à son tour en gémissant M. Cadoie le fils, dont l'âme sensible et le génie inventif étaient experts à imaginer d'avance les destinées réelles — lui qui avait tissé, et de quelles mains ! celles des impérissables héros de ses ouvrages — (citerai-je Florestan, Clorinde, le jeune Hindou d'Orléans, et tant d'autres ?). Hélas, je ne vois que trop l'avenir de ces deux filles ! Célina sera distinguée par quelque patricien errant qui l'enlèvera, ainsi que Borée enleva la nymphe Orithya, et lui procurera un état avantageux... Tandis que Céleste s'acheminera vers la vieillesse, sous les risées de tous les hommes, et dans l'isolement de son cœur !

Trois ans se sont écoulés, et voici que je passe un matin à Pouilly près Beauvais, et m'arrête au Cheval-Blanc. Je me rappelle le premier séjour, si flatteur pour moi, pour mon père, pour mes frères et toute ma famille, que je fis naguère dans ce bourg et ce local, aux côtés de M. Cadoie le fils et de M. le comte de Montmirail. Celui-là continue à jeter sur les lettres françaises un lustre sans pareil ; celui-ci, hélas ! est mort pour avoir demandé trop de labeur à son cerveau, exigé trop d'efforts de son talent créateur !... Seul, assis dans la salle basse de l'auberge, je laisse errer mes regards sur la route, et j'y vois cheminer un spectre féminin.

Oui, c'est comme une grande ombre pliée, triste, défaite, aux traits ravagés, à l'œil morne... Sur son passage, chacun se détourne, et même les minuscules chantres naturels perchés dans les frondaisons se taisent soudain.

Je pousse un cri, qui provoque la curiosité et déjà l'émotion des frustes voyageurs épars dans la salle. Je n'en peux croire mes yeux ! Te figures-tu, ami lecteur, que dans cette lamentable passante, je viens de reconnaître la belle Célina d'antan ?

Les larmes jaillissent de mes paupières. D'une voix rauque, je mande l'hôtesse, qui accourt en hâte, me croyant blessé. Cette femme simple et loyale confirme mes souvenirs. Elle me narre que c'est là, en effet, Célina. Cette dernière a eu un amour non partagé ; elle s'est trouvée, d'autre part, dépouillée de son bien. De plus, ses déboires ont détruit sa santé et effacé sa beauté, et alors, elle vit, à jamais solitaire ici-bas, pis que veuve...

Quelques voyageurs se sont rapprochés durant ce déplorable récit, et nous ne pouvons, ni les uns ni les autres, retenir un torrent de larmes...

— O mes maîtres, comme nous nous sommes trompés ! murmurai-je douloureusement.

Je songe, en effet, aux prédictions émises jadis par MM. de Montmirail et Cadoie, en de nobles improvisations : « L'une goûtera la joie, l'autre les larmes », disaient-ils !

L'autre !... J'évoque l'image de la fille difforme et détestée... Mais accablé par l'amertume, je n'ose pas m'enquérir d'elle, trop sûr, hélas ! de ce qu'on me répondra !...

...Je l'aperçus une heure après — l'autre ! — cramponnée à une des bornes du portail. Elle était toujours aussi disgracieuse, mais, la face levée, elle contemplait l'azur, noyait ses regards dans les hauteurs du ciel.

Je m'approchai d'elle. Alors, je vis que non seulement elle souriait, mais aussi qu'elle était enceinte.

La bonne tante

Sale journée de chasse, dit Siméont. Une pluie diluvienne. Pas l'ombre de gibier, bien entendu, au contraire ; je fichais le camp très vite, sous la rafale, dans ces terres labourées qui vous tirent les pattes comme des pièges, derrière mon épagneul qui, crotté, en loques, me jetait de temps en temps par en dessous un regard repentant.

A la tombée du soir, je me trouvai perdu — si je puis m'exprimer ainsi — au milieu d'un désert spongieux de chanvre et de betteraves.

Mais, à cent pas de là, dans un bas-fond creusé en tub, j'aperçus pour mon salut un portail lessivé par l'averse.

J'y frappai. Un prodigieux hasard voulut que je visse surgir sur le seuil un porteur de lanterne, aux joues glauques, que je reconnus et qui me reconnut.

C'était Mélut. Il n'avait pas changé depuis le collège. A la vue du blafard personnage, je me remémorai l'image du pâle cancre qui se donnait tant de mal, jadis, pour ne rien faire et déjouer les ruses des professeurs.

La demeure était confortable où, à sa suite, j'entrai. Je perçus une femme pâteuse et deux enfants clignotants.

— Ma femme, Thérèse. Mes enfants, Léone et Jacob.

C'était l'heure du dîner. On se mit à table. Il me sembla d'abord que mes hôtes étaient sous l'empire d'une certaine contrainte. Ils paraissaient préoccupés, distraits...

Cependant, on parla du passé, du collège, et quelque attendrissement commençait à nous enivrer, lorsqu'un bruit de meubles bousculés résonna à travers le plafond, dans une pièce de dessus. ·

Électriquement, tous les Mélut sursautèrent, et leurs regards se croisèrent. Moi, je les interrogeai des yeux, mais Mélut détourna la tête ; Mme Mélut baissa le nez et les enfants louchèrent.

Un fracas plus violent, quelque chose comme un bris de vaisselle, se fit entendre là-haut...

Thérèse leva un œil de noyée et Mélut rougit. Il fit mine de quitter la table.

Mais soudain tout bruit cessa à l'étage supérieur. L'homme se rassit. Il sifflota, d'un air détaché. Il me demanda, sans transition, si je me souvenais de « Patte à ressort », le professeur d'anglais, la brute ? Non ? Alors j'avais sans doute mieux conservé le souvenir du « Pou », qui nous poussait des colles de latin ?...

Un rire strident, caverneux, lui répondit, tout proche... On se retourna. Sur le pas de la porte s'érigeait un spectre, une vieille femme toute noire à figure toute blanche.

Stupeur, désarroi ! A peine entendis-je Thérèse qui, s'adressant à son mari, soufflait : « Le verrou ? », et Mélut qui, décontenancé, répondait par un geste d'impuissance... L'intruse chenue s'avançait à petits pas, avec la prunelle fixe, tirée en avant, des somnambules.

Les enfants rentrèrent le cou dans les épaules, et s'enfoncèrent dans leurs sièges.

— Ma tante ! fit Mélut.

Sans entendre, la personne, dont les maigres traits étaient blancs et figés comme le plâtre, étendit la main, saisit la carafe, en versa, de haut, avec un ricanement diabolique, le contenu dans le saladier, s'empara de la salière, la fourra dans sa poche. Puis elle empoigna la nappe en rugissant. Mais elle m'avisa. Elle se tut et lâcha la nappe.

— Tiens ! dit-elle à Mélut, tu as acheté un veau ?

Elle me dévisagea. Je vis de tout près ses yeux de verre

bleu, miroitants et étrangement vides. Après quoi, elle agrippa un journal qui dépassait de ma poche intérieure, le déploya et, le tenant à l'envers devant ses yeux, se mit à psalmodier...

Mélut s'agitait, bégayait, riait lourdement.

— Est-elle drôle, hein ? Est-elle drôle !

Thérèse observait son assiette, hypnotisée. Les enfants avaient disparu. Où ?

Cependant la vieille dame, entendant renifler par en bas, considéra la chaise vide du petit Jacob, se pencha et son long bras sec retira de l'ombre l'enfant, qui s'était caché sous la table. Elle se mit à le secouer, malgré ses piaillements aigus en lui disant doucement de ne pas avoir peur, qu'elle allait lui tordre le cou comme à un orgue de Barbarie, pour qu'il chantât.

Le père, tout rouge, s'interposa, attrapa les mains de la vieille femme, lui fit lâcher l'enfant, qui retomba quasi inerte et blême, comme un mince clown de carton. Avec un gros rire, mon ex-condisciple se tourna vers moi :

— C'est une farce qu'elle fait, tu sais. Est-elle drôle, hein ?

Il l'entraîna vers la porte. Au seuil, elle écarta les mains et se raidit pour ne point passer. Mais il la replia énergiquement dans ses bras, tel un jouet cassé, et l'emporta, hurlante.

— Notre tante aime beaucoup plaisanter, me dit Thérèse.

Mélut réapparut ; il se frottait les mains :

— Hein ? Est-elle amusante ! Impayable, pas ? Tout ce qu'elle fait, c'est pour faire rigoler les enfants. Tu as remarqué ?

— Oui, fis-je vaguement.

— Et tu sais, mon vieux, ajouta Mélut qui, réinstallé, attaquait le dessert, elle a gardé toute sa lucidité, malgré ses soixante-seize ans. C'est une tête solide, va !

...Une heure plus tard, dans ma chambre, je m'endormais, non sans avoir vérifié, par deux fois, si le verrou de la porte était bien assujetti.

A minuit, des cris perçants traversèrent toute la maison, me jetèrent debout. J'empoignai mon fusil que j'avais par bonheur, oublié de décharger... J'entr'ouvris ma porte, prêt à tout. Sur le palier de dessous, au premier, de la lumière, des chuchotements.

— Elle a pris la hachette, je te dis, haletait tout bas Thérèse. Tu n'es pas fou d'avoir laissé la hachette dans la cuisine ? Il va se réveiller, sûr ! L'autre jour, c'était la fourche, et hier, les ciseaux !... Ramène-la vite...

Je rentrai, indécis, serrant mon fusil... Un nouveau cri déchirant jaillit du jardin.

J'allai à ma fenêtre et soulevant le rideau, je discernai, au clair de lune, une ombre dégingandée, maigre comme une caricature, qui passait et repassait en silhouette, devant la grille, brandissant une hache.

Une masse humaine rampa et bondit sur elle. Il y eut une lutte informe, des grognements sauvages, qui s'éteignirent. Puis un pas ralenti et alourdi fit grincer le gravier du jardin, et je vis un gros homme s'avancer vers le perron, pliant sous le faix de quelque chose qui ressemblait à un long fagot.

...Vous vous doutez bien, n'est-ce pas, que je pris le premier train du matin, malgré la molle insistance de Mélut, qui m'assura que sa femme et sa tante regretteraient beaucoup mon brusque départ, et il s'extasia encore à ce propos sur l'extraordinaire intelligence de la septuagénaire.

Le mot de l'énigme ? Je le recueillis à la gare même, de la bouche innocente d'une vaste commère endimanchée et encore toute rouge de savon.

— Pour sûr qu'ils sont à leur aise, les Mélut. Eux, ils n'ont rien, mais ils ont la vieille tante qui est propriétaire de la maison, a de grosses économies et qui tient absolument, qu'on dit, à vivre à la campagne, loin de ses enfants de Paris...

Le train arrivait. Et tout en m'enfuyant, je compris et j'admirai le laborieux métier que mon ancien camarade avait choisi parmi tant d'autres, pour vivre *sans rien faire*.

L'honnête homme

Mon dîner terminé, je me balançai, indécis, sur le seuil du petit restaurant de la rue Bonaparte.

Tournerais-je à droite ou à gauche ? vers le boulevard Saint-Germain ou vers les quais, pour faire ma promenade d'avant-coucher ? Depuis que j'avais pris ma retraite de l'Administration, j'étais souvent en proie à de longues hésitations de ce genre.

Enfin je m'engageai résolument du côté des quais. Une haute et mince glace de devanture me montra mon image, ma figure grisonnante d'artiste (car, bien que je n'aie jamais rien fait, j'ai toujours eu, je le sais bien, moi — beaucoup d'imagination, de sensibilité et de goût).

Quoi qu'il en soit, je longeai les quais. Ce soir de juillet était encore tout mélangé de jour. Presque pas de passants, mais beaucoup de petites clartés piquées dans le brumeux décor terrestre. Tout en haut, le ciel était peint de larges touches bleuâtres, plus bas, il était tendu d'un satin pommelé de rose ; sur l'horizon — entre les découpures nettes et noires des toits lointains et des feuilles proches — il semblait formé de lumineux rangs de perles serrés les uns contre les autres.

Le silence gris du quai Bourbon me rappela un coin d'Orléans et cela m'attendrit. Personne. Si. Un monsieur, dont la canne tapait par terre, s'avançait dans ma direction...

Soudain, derrière moi, une clameur déchira l'air. Je me retournai. C'était un camelot.

Un paquet de journaux sur le bras gauche, agitant une feuille de la main droite, il fondit sur moi au galop, en vociférant un nom de journal et en ajoutant :

— Voyez : le plus grand crime du siècle. L'homme coupé en morceaux par des enfants.

Il était vêtu d'une blouse blanche, chaussé d'espadrilles. Il bondissait en boitant, tirant une de ses jambes, comme une longue loque. Il se planta devant moi. Il me rugit à nouveau le titre du sensationnel fait divers. Il avait une face blême, enfarinée, les yeux troubles, la bouche tirée par un rictus un peu baveux. Il haletait et me regardait d'un air interrogateur et féroce. Je fis non de la tête. Il n'insista pas et repartit en soufflant.

Ceci s'était passé en moins de temps qu'il n'en faut pour le dire — ainsi qu'on s'exprime dans les romans que j'ai lus, et dans ceux que j'écrirai peut-être un jour, moi.

L'unique passant était arrivé à notre hauteur. C'était un grand et gros monsieur bien sanglé, au pas puissant, coiffé d'un chapeau haut de forme à très larges bords. Le camelot se rua sur lui, et lui hurla les mêmes choses qu'à moi.

Le monsieur acheta la feuille, se fouilla pour trouver un sou, cependant que le camelot attendait, la main tendue, en sautillant devant le client et sans cesser d'émettre des clameurs éraillées :

— Voyez, horribles détails...

Mais tout à coup la scène que je suivais instinctivement, du coin de l'œil, changea. Le monsieur, tout en se fouillant, parcourait rapidement le journal. Il grogna, poussa un terrible éclat de rire, et abattant sa main sur la maigre épaule du vendeur qui plia, enfin muet, le client s'écria :

— Je vous y prends, l'ami, à annoncer de fausses nouvelles. Allons, au poste !

Le gagne-petit gémit et se débattit ; mais il n'était pas de force, et, boitillant, fut entraîné sur le pavé désert du quai.

Or, par une étrange coïncidence, un autre promeneur surgissait dans le crépuscule ; et ce promeneur brillait vaguement ; et c'était un sergent de ville.

Le monsieur lui présenta le vendeur de journaux qu'il faisait avancer à côté de lui comme un paquet léger mais encombrant.

— Cet individu annonce des nouvelles fausses et alarmantes pour vendre ses journaux.

— C'est pas vrai, glapit le camelot, je le jure !

— Au poste, conclut l'agent.

— C'est pas vrai ! pleurnicha d'un accent éperdu, l'homme qui avait l'épaule tordue sous l'étreinte de l'irascible acheteur.

Celui-ci le secoua.

— Pas vrai, bandit ? Au fait, Monsieur était là, Monsieur a entendu...

Il me désignait de la canne. Tous les trois me regardèrent : le client avec une expression de triomphe brutal et haineux ; le crieur avec l'expression d'un noyé qui fait une suprême grimace d'adieu à la vie ; l'agent, d'un air inexpressif.

Alors moi, je proférai avec le calme d'un personnage de tragédie :

— Je n'ai rien entendu.

Le gros homme bondit.

— Rien entendu ! Les enfants coupés en morceaux ? Rien entendu ! Ah ça ! c'est-il que vous êtes sourd ?

Devant sa fureur, je répétai plus haut :

— Je n'ai rien entendu !

— Allons ! intervint l'agent, lâchez ce bonhomme-là, vous, et ne m'embêtez plus avec vos histoires, hein ? Mêlez-vous de vos affaires !

Le monsieur sacra, enfonça son chapeau sur sa tête,

fit demi-tour et s'en fut. L'agent, d'un pas digne, quitta, de même, les lieux. Je n'oublierai jamais le regard de pauvre singe reconnaissant qui plissa la face glabre et blafarde du camelot.

— Vous êtes un honnête homme ! gargouilla-t-il, la voix étranglée par les larmes.

— Vous aussi, mon brave, m'écriai-je, non sans émotion, touché par ma bonne et belle action.

***

Quelques jours après cet événement j'allai dîner chez Saladin dont les fils poussent à vue d'œil. Il y avait là Piqueux, Panonceau, Tueur et d'autres vieux amis.

Je rentrai tard, et, riche d'un bon dîner, j'enfilai l'avenue de Ségur. Chaque bec de gaz faisait miroiter mes souliers vernis.

Je rêvais — car ma tête travaille toujours — lorsque je me heurtai rudement à quelqu'un qui était sorti de terre devant moi. Je poussai une interjection sourde.

Mais aussitôt je me sentis empoigné par derrière, étranglé, paralysé, précipité sur le sol.

— Portons-le près du réverbère, qu'on z'y coupe le sifflet aux lumières, dit une voix faubourienne.

On me traîna dans un rayonnement tremblotant et j'entrevis quatre ou cinq têtes de bêtes féroces penchées sur moi...

Mais tout à coup une exclamation rauque :

— J'veux pas qu'on y touche ! Il a menti à un flic pour me sauver. Il a fait ça. Celui qui l'guérira aura affaire à moi.

— C'est bon, dirent des voix.

On me laissa tomber et des formes s'esquivèrent de côté et d'autre en traînant la savate.

Péniblement je m'assis sur le bord du trottoir.

J'aperçus dressée devant moi une silhouette dansante à la face enfarinée, au bon regard larmoyant.

— C'est un malentendu, mon prince, murmura ce garçon. Oui, vous avez été un honnête homme le jour que vous avez menti au flic, et j'ai voulu vous montrer que, moi aussi, je suis un honnête homme.

La diversion

Les voyageurs qui attendaient ce matin-là la
diligence de Queretaro avaient de bonnes têtes, dit
José Santander — et les yeux du riche Mexicain lancèrent
des éclairs tandis qu'il passait sa langue violacée sur ses
èvres de chocolat.

« Ce n'étaient pas, du reste, des voyageurs ; des
voyageuses, et qui pis est, des Indiennes... Il faut vous dire
que j'étais alors un collégien en vacances, et que mon
père, un homme terrible, m'avait, pour me dégourdir —
malgré nos richesses — obligé à suivre l'expédition française.

« Je ne vous parle donc pas d'hier, ajouta le vieux
rastaquouère avec un rire qui fit sortir une larme de ses
yeux chatoyants, et découvrit dans sa bouche sombre des
dents sombres aussi, semées de menues pépites d'or.
Et pourtant, dussé-je vivre encore cent ans, je n'oublierai
pas les binettes des guenons qui guettaient le départ du
courrier à la posada de la Croix.

« Elles étaient huit, avaient des carrures énormes, ce
qui prouvait bien qu'elles appartenaient à une espèce
spéciale de la race locale qui « descend des arbres ».
On voyait rouler leurs yeux blancs dans leur teint de
bottines jaunes et elles cherchaient, massées dans un
coin qui sentait l'huile rance, à cacher leurs figures. Sans
doute, elles pensaient, en indien, que le spectacle des
traits légués par des ancêtres qui logeaient en plein
ciel — aux étages supérieurs des forêts vierges — ne
pouvait être contemplé par un quelconque passant.
J'ajoute qu'elles étaient vêtues de robes rouge vif, vert

cru et jaune éclatant, que des fichus et des foulards s'amoncelaient sur elles et qu'elles portaient des paniers bondés et hérissés de légumes.

« Telle était la cargaison que le père Racobo — c'est-à-dire Jacob — allait transporter, dans sa guimbarde, de Queretaro à Mexico.

« Il fallait que les Indiens femelles eussent un intérêt majeur à profiter ce matin-là des mules du petit père Racobo, parce que tout le monde savait que le trajet n'était rien moins que sûr. Tout un élément, restreint mais très actif, de la population (je veux parler des brigands) avait en effet profité du trouble des temps et des perturbations amenées par le débarquement des troupes françaises, pour donner à son industrie un développement rationnel et une tournure prospère. Des bandes infestaient méthodiquement les campagnes de notre beau pays, et parmi les parages où ces messieurs avaient réparti leurs exigeants représentants, il n'y en avait pas de mieux pourvu que celui que nous nous apprêtions à hanter — car vous ai-je dit que j'étais du voyage, des circonstances que je vous apprendrai plus tard m'obligeant à confier ce matin-là ma personne aux mules de Racobo ?

« La présence endémique et épidémiforme des bandits était à tel point de notoriété publique, qu'à diverses reprises, des badauds crurent devoir en informer les exotiques sorcières aux légumes. (Je dis exotiques, parce que dans mon pays, à côté des citoyens de famille très noble et très riche, comme moi, les Indiens sont pis que des étrangers, étant issus, je vous le répète, d'aïeux que leur agilité a, de branche en branche, sauvés des chasseurs.)

« Les malicieux passants qui tentaient de faire comprendre aux monstrueuses bipèdes qu'elles avaient bien des chances, avant d'arriver à la fatidique station de San-Martino-del-Cabo, de laisser aux mains des pressants quémandeurs de la route leur chargement de verdure et de fruits, voire les étoffes dont elles étaient empaquetées

— voire de plus irréparables trésors — savaient bien qu'ils perdaient leur temps, car jamais un Indien ou une Indienne ne changent d'avis. La peu charitable intention des renseigneurs était seulement d'effrayer ces vastes magots, et ils y réussirent, si l'on en jugeait par le redoublement des roulements d'yeux, et le tremblement avec lequel les affreuses sauvagesses essayaient de cacher leur figure — comme les dames malgaches essayent, dit-on, de cacher leurs bras aux regards, et comme celles d'Europe essayent, dit-on aussi, de cacher leurs genoux.

« Enfin la diligence apparut, au milieu d'un grand nuage de poussière et d'un grand bruit de grelots. Prestement, les huit géantes qui tenaient à la fois du singe et du perroquet s'y engouffrèrent. Et moi, bravement, je m'y engouffrai à leur suite et m'assis à côté de cette théorie de viragos préhistoriques.

« Tout alla bien d'abord, comme dans les romans. Puis voilà que tout à coup, un cri retentit. Une mule s'abattit, et la voiture piqua en avant comme un bateau qui va goûter l'eau... Arrêt brusque. Un grognement éperdu se répercuta sur les faces des sauvagesses tassées dans la voiture comme dans une cage. Debout sur son siège, Racobo gesticulait, invoquant la puissance de Dios — puis il s'éclipsa, comme par enchantement. Son départ me permit de constater que le postillon avait déjà disparu avant lui...

« A ce signe plus qu'à la conformation du paysage, nous sûmes que nous étions arrivés à San-Martino-del-Cabo, l'endroit de malheur, la station des brigands.

« Nous avions échoué au maudit carrefour, trahis sans doute par Racobo, le vieux chien. Je trépignais de fureur : l'antique canaille marquait diablement mal, j'aurais dû m'en méfier. Brute que j'étais ! Je grinçais des dents. Mais il n'y avait rien à faire qu'à exhaler des jurons et à attendre que les caballeros de mauvais aloi vinssent nous rançonner congrûment...

« En tout cas, il fallait d'abord sortir de cette boîte à roues. Je fis un signe énergique aux Indiennes : elles gloussèrent, les yeux tirés de tous les côtés, puis, une à une, péniblement, lourdement, elles commencèrent à s'extraire du véhicule échoué.

« A peine étions-nous sur la route, nez à nez, que nous avisâmes nos loups qui sortaient du bouquet d'eucalyptus...

« Ils s'aventuraient, en file, le nez au vent, tout résonnants et cliquetants d'armes, avec leurs yeux comme des braises et leurs cheveux chimiquement noirs.

« Ils étaient six. Nous étions neuf : les Indiennes et moi. Aussi s'approchèrent-ils de nous.

« ...Alors, coup de théâtre. Nos robes de couleur tombent, nos fichus s'éparpillent, nos chapeaux s'envolent, nos barbes apparaissent, nues, nos mains s'ornent de pistolets, nos bras s'allongent de sabres — et tous les neuf, toute mon escouade — nous nous élançons comme un seul homme sur les sacripants, criant des injures en bon espagnol et en pur français...

« Inutile de vous dire qu'à coups de pistolet et de lame, nous les fîmes fuir jusque dans l'autre monde avant qu'ils n'eussent eu le temps de se servir des escopettes pendues à leur cou comme des cornets à piston. Et voilà le stratagème qu'avait imaginé notre sergent...

« Le seul qui échappa au massacre fut pendu trois fois : une fois à chaque halte. Trois fois seulement, parce qu'à la troisième, la sentinelle, ayant un peu bu, ne le dépendit pas à temps pour nous permettre de le rependre.

« Ah ! la guerre a des émotions inoubliables ! Parlez-moi, à côté de cela, des distractions de la paix ! Consultez les programmes des théâtres !... »

José Santander essuya la sueur qui vernissait le cuir fauve de son front, frappa sur la lourde chaîne d'or qui emprisonnait sa montre, puis ouvrit avec gourmandise une boîte où s'étendaient côte à côte des cigares vastes comme des harengs saurs.

Le billet

Au bord de la grande plaine morne, couleur de vieux habits, la pauvre petite maison s'éteignait dans le soir.

Juliette attendait le grand-père. Sa mignonne figure se posait à la façon d'une large rose en haut de la palissade entourant le jardinet — pelé et moussu par plaques, et que le crépuscule assombrissait comme eût fait une averse. Le grand-père arrivait tous les jours par le côté où les cheminées de la ville dessinent leur fine écriture sur le jaune du couchant.

Turco attendait aussi le maître en frémissant de désir, et en levant de temps à autre vers elle sa figure de caniche noir, sur laquelle l'ombre ne laissait plus voir que l'amour.

Or, parmi la foule des travailleurs qui rentraient, qui s'émiettaient hors des faubourgs, la jeune fille et le chien reconnurent le vieil homme.

Il avançait à longues enjambées, en gesticulant. Quand il fut sur le chemin de traverse, on entendit qu'il riait.

Il embrassa sa petite-fille sans cesser de rire bruyamment. Arrivé dans la chambre basse où Turco se multipliait autour de lui, il cligna des yeux, proféra un gros juron, asséna sur la table un coup de poing qui fit vibrer dans le mur noir la fenêtre bleue. Enfin il dit : « voilà ! » et il posa au milieu de la table un billet de banque et une pile de sous.

— C'est cent francs et dix-sept sous. Tu pourras te marier avec le grand Flaquard.

— Ah ! fit Juliette, en extase. Grand-père, comment as-tu fait ?

Le vieux prit un air malin. Comment ? Eh bien, il s'était arrangé avec son patron pour travailler en supplément. Il avait économisé sou par sou. Il y avait mis le temps, dame ! Enfin, quoi, c'était là de l'argent qu'on ne devait à personne. Et la petite pourrait se marier avec Flaquard, puisque cette poule mouillée de Flaquard avait besoin de cent francs pour se rendre libre, se débarrasser de la sale Rosa.

Toute la soirée, on parla de Flaquard, qui n'était pas courageux, mais qui était beau, et de mariage et de bonheur.

Le lendemain, le vieux parti au travail dès le matin, Juliette tourna dans la maison avec Turco, à qui elle dit :

— Je suis contente.

Turco comprenait ce genre de confidence. Il flairait le bonheur, parfum si subtil que seuls les chiens sont dignes de le sentir. Elle lui raconta qu'on serait heureux avec le grand Flaquard, puisque celui-ci allait pouvoir lâcher sa poison, cette Rosa agrippée à lui ; s'il n'y avait pas eu les cent francs, qu'est-ce qu'on serait devenu !

Elle chanta, se mira dans un bout de glace et noua un ruban bleu à son cou.

Turco la suivait des yeux, soigneusement, profitait de tout ce qu'elle faisait, de tout ce qu'elle disait. Jadis il avait été jeune comme elle ; maintenant il était plus vieux encore que le grand-père. L'âge avait sali son poil noir. Il présentait un dos rugueux par places comme la main d'un charbonnier. Mais Juliette était fière des beaux yeux marrons du chien qui savait de plus en plus lui regarder le cœur.

Elle lui montra le billet de cent francs dont l'arrivée

changeait la face des choses. Intéressé, il sauta pour l'atteindre. Vivement, elle le plaça, hors de portée, sur le couvercle de la boîte à sel, pendue très haut près de la porte. Ensuite elle parla d'autre chose, chanta de nouveau, et de nouveau, contempla sa joie au miroir.

A l'heure du déjeuner, elle poussa jusqu'à la palissade, avec l'idée qu'elle verrait peut-être passer Flaquard qui travaillait aux terrassements de la voie, et lui annoncerait...

Elle fut assaillie par un si brusque coup de vent qu'elle s'arrêta. Impossible d'avancer, tant le vent agitait brutalement ses cheveux autour de sa mince figure, sa jupe légère sur ses fines jambes.

La palissade tremblait de tous ses membres, l'arbre maigre du coin avait l'air plié et malheureux comme quelqu'un. Et même la porte de la maison, qu'elle avait poussée sans la fermer, s'était ouverte sous le choc du vent qui était entré dans la chambre : on voyait, à travers les vitres, les rideaux de percale danser.

— Turco ! appela-t-elle. Où es-tu ?

Il était resté près du seuil. Il jouait avec un bout de papier.

Un pressentiment la poigna. Elle s'élança. A sa vue, le chien happa le papier, et d'un coup l'avala, puis, rassuré, la regarda.

Rentrée, elle poussa un cri aigu. D'un clin d'œil elle avait vu, elle avait compris. Le vent avait fait envoler le billet de banque. C'était *lui* que le chien avait saisi et mangé sous ses yeux.

Elle empoigna sauvagement Turco, lui desserra les mâchoires, enfonça ses doigts dans sa gueule chaude, qu'il maintenait ouverte le plus qu'il pouvait. Plus rien !

Elle le lâcha, éclata en sanglots, courut çà et là dans la chambre en tordant ses mains, tandis que Turco la fixait attentivement, avec le doux espoir de ne rien perdre de ses gestes.

Ah ! elle savait bien ce qui arriverait ! Le grand-père allait rentrer dans un instant : c'était l'heure. Dès qu'il saurait, il tuerait Turco, pour ravoir le billet...

C'est le seul moyen, en pareil cas, personne ne l'ignore : les drogues ne servent à rien du tout. Il faut tuer la bête, et tout de suite.

Oui, le vieux, qui était résolu et dur pour les autres, se dépêcherait de tuer Turco. Il saisirait un bâton ou un couteau. Il l'attacherait, puis, vite, l'assommerait, l'égorgerait, et on retrouverait dedans le pauvre corps, en fouillant, le billet de banque.

...Elle se dressa soudain, aussi secouée que tout à l'heure sous l'ouragan : un bruit de pas se faisait entendre. Le grand-père s'avançait vers la maison, et il était accompagné du beau Flaquard, et on les voyait sourire.

...Éperdument, elle regarda Turco, et Turco la regarda avec ses yeux bruns émerveillés d'elle, et qui montraient la beauté de sa bonté.

Les deux hommes entraient, en tumulte joyeux, Raïdie devant eux comme si elle leur barrait le passage. pleurnichant, reniflant, le nez baissé, elle balbutia :

— Grand-père, grand-père ! l'argent !... J'étais sortie sur la route, en emmenant Turco. Quand nous sommes revenus, on était entré — des gens — on avait volé l'argent. Je les ai vus qui couraient, par là-bas...

Le choc arrêta net les arrivants, et leur fit geindre un son rauque.

Le grand-père blêmit, rugit, et s'écroula sur un escabeau en soufflant comme une machine, tandis que le joli Flaquard, tout à fait décontenancé, se balançait.

— Faites excuse, dit enfin Flaquard avec sa belle voix grave, mais, mais...

Et il fila, sans achever sa phrase, et sans regarder personne.

Lorsqu'il eut disparu, Juliette n'osa pas aborder l'aïeul, encore travaillé par la stupeur. Mais elle s'approcha instinctivement de Turco, et presque malgré elle lui tendit les bras.

Le chien se dressa debout contre elle, les pattes sur sa poitrine. Elle l'étreignit très fort, le contempla de ses yeux baignés de pleurs, de ses yeux qui, dans leur détresse infinie, disaient : « Je t'ai tout de même sauvé ta vie ».

Une larme de Juliette roula sur la face de nègre de Turco. Il sentit ce regard le toucher. Il répondit par une sorte de brève exclamation plaintive. Il répondait aussi par la tiédeur précieuse de sa tête pressée sur le sein de la jeune fille. Ensuite, il aboya deux fois, puis ne dit rien de plus. Il trouvait tout cela tout simple, comme un grand cœur qu'il était.

Ces récits sont inédits en librairie.

TABLE DES MATIÈRES

"Une heure d'oubli..."

PUBLIÉE SOUS LA DIRECTION LITTÉRAIRE DE
MAX et ALEX FISCHER

Prix: **0 fr. 45.** — 90 VOLUMES PARUS (1)

ADAM (Paul)
69. Le seuil de la vie.

ALLAIS (Alphonse)
73. La nuit blanche d'un hussard rouge.

BARBUSSE (Henri)
21. L'illusion.
90. L'étrangère.

BERNARD (Tristan)
12. Les frères siamois.

BINET-VALMER
55. Du printemps à l'automne.

BORDEAUX (Henry)
de l'Académie française
27. La visionnaire.
33. Jeanne Michelin.
57. Le curé de Lanslevillard.
66. Les deux faces de la vie.
83. Château à vendre.

BOURGET (Paul)
de l'Académie française
1. Profil de veuve.
8. Deuxième amour.
16. Le mensonge du père.
24. Monsieur Legrimaudet.
39. Sauvetage.
56. Dualité.
62. Gladys Harvey.
88. Les Gestes.

BOUTET (Frédéric)
36. Georgette et son ami.

BOYLESVE (René)
de l'Académie française
31. Seringapatam.
52. Alcindor.

CAPUS (Alfred)
de l'Académie française
7. Deux frères.

CLARETIE (Jules)
de l'Académie française
77. La mansarde.

COLETTE
60. Celle qui en revient.

CORDAY (Michel)
26. Mon petit mari.
86. Ma petite femme.

COURTELINE (Georges)
37. Un sale monsieur.

DAUDET (Alphonse)
9. La Fédor.

DONNAY (Maurice)
de l'Académie française
28. Chez Palmyre.
40. Visites.

DUVERNOIS (Henri)
23. Une poule survint...
70. Au petit bonheur.

FABRE (Ferdinand)
61. Norine.
84. Germy.

FARRÈRE (Claude)
2. La double méprise.
29. Le salut à César.
75. Les mains flétries.

FISCHER (Max et Alex)
4. Une revanche.
15. Mes lettres à Zonzon.
32. Dans l'ascenseur.
43. Un début au théâtre.
49. Après vous, mon général.
63. Un spadassin.
71. L'utilité des recommandations.
79. Un monsieur qui suit les femmes.

FRAPIÉ (Léon)
41. Les amis de Juliette.

GÉNIAUX (Charles)
89. Les âmes en peine.

GYP
5. Le prix Gontard.
18. La chasse de Blanche.

HERMANT (Abel)
10. Têtes d'anges.
67. La singulière aventure.

HERVIEU (Paul)
de l'Académie française
46. Argile de femme.

HIRSCH (Charles-Henry)
17. Une tête légère.
58. La lune de miel.

(Voir la suite du catalogue à la page suivante)

---

(1) Les numéros qui précèdent les titres de chaque volume indiquent leur ordre de publication.

Chaque petit volume d'*Une heure d'oubli...* d'un format élégant et pratique, forme un tout composé tantôt d'un seul, tantôt de plusieurs récits d'un des plus grands romanciers contemporains.

Pour paraître prochainement, le N° 91 :

TRISTAN BERNARD

LE TAXI FANTOME

Imp. de Vaugirard, H.-L. Morn, direct., Paris.

www.ingramcontent.com/pod-product-compliance
Ingram Content Group UK Ltd.
Pitfield, Milton Keynes, MK11 3LW, UK
UKHW021146220726
13924UKWH00003B/1038